본명으로 서로를 부를 때

본명으로 서로를 부를 때

계절마다 힘주어 불러 본 이름들에 관하여

초 판 1쇄 2025년 02월 26일

지은이 안승우
펴낸이 류종렬

펴낸곳 미다스북스
본부장 임종익
편집장 이다경, 김가영
디자인 임인영, 윤가희
책임진행 김은진, 이예나, 김요섭, 안채원, 장민주

등록 2001년 3월 21일 제2001-000040호
주소 서울시 마포구 양화로 133 서교타워 711호
전화 02) 322-7802~3
팩스 02) 6007-1845
블로그 http://blog.naver.com/midasbooks
전자주소 midasbooks@hanmail.net
페이스북 https://www.facebook.com/midasbooks425
인스타그램 https://www.instagram.com/midasbooks

© 안승우, 미다스북스 2025, *Printed in Korea*.

ISBN 979-11-7355-094-2 03810

값 18,000원

미다스북스는 다음세대에게 필요한 지혜와 교양을 생각합니다.

계절마다 힘주어 불러 본 이름들에 관하여

본명으로 서로를 부를 때

안승우 지음

미다스북스

봄 내게 허락된 꽃길마저 나누고 싶은 마음

여름 다음으로 가는 문장들이 태어나는 시간

가을 점잖은 물결 속에서 잠시 헤엄치는 상상

겨울 스스로에게 한없이 너그러워지는 연습

불러 본 이름들로
한 시절을 찬찬히 꿰맬 수 있었다

10대의 끝에서부터 흘려 썼던 것들을 모아 마침내 책으로 묶는다. 책을 내고 싶었던 가장 첫 번째 이유는 잘 그만두기 위해서였다. 그래야 비로소 홀가분하게 돌아설 수 있을 것 같았다. 정리하는 마음으로 시작했지만 자꾸 해 보고 싶어져서 어려운 시간을 보냈다. 정말 많은 순간과 기억들, 이름과 사람들이 아득한 곳에서부터 살아 돌아왔다. 그것만으로 내게는 남다른 의미가 있는 시간이었다. 태생적으로 계절에 영향을 많이 받는 사람이라 계절의 기록들을 끄집어 올리는 방식으로 책을 만들고 싶었다. 평범한 사람의 평범한 이야기라 특별할 게 없다는 점이 염려되었지만, 그래서 더 많은 사람들에게 닿을 수 있을 것이라고 믿고 싶었다. 긴 글에 어려움을 느끼는 시대임을 고려해 어디에서나 쉽게 읽을 수 있는 짧은 이야기들을 모으는 데에 중점을 두었다. 그래서 이 책은 평범한 사계절을 살아가는 많은 이들에게 전하고 싶은 짧은 묵례이기도 하다. 변명은 여기까지만 하고 싶다. 인생의 어떤 순간들마다 가끔씩 꺼내보고 싶은 책이 된다면 더 바랄 게 없을 것 같다.

봄

내게 허락된 꽃길마저
나누고 싶은 마음

저는 어릴 때부터 기나긴 겨울이 지나야 비로소 한 해가 시작된다고 믿는 사람이었습니다. 따뜻해지기 전까진 겨울의 연장 같았고, 무언가를 결심하거나 시작하는 데에 소극적이었습니다. 그래서인지 두꺼운 패딩과 작별할 때면 알 수 없이 두근거리거나 매일 잦은 확률로 크고 작은 결심들과 만나게 되었습니다. 남들보다 늦게, 더 짧은 한 해를 시작하는 셈인 만큼 반쯤은 희망이고 반쯤은 두려움이었지만, 다행히 설레는 쪽에 더 가까웠던 것 같습니다. 새로운 목표, 시작해 볼 만한 도전, 지켜야 할 것들과 일들에 대해 많이 생각했지만 그중에서도 사람에 대해 가장 많이 생각했습니다. 겨우내 움츠렸던 세상이 거짓말처럼 다시 피어나는 계절엔 사람에 대한 마음이 조금 더 너그러워지고, 한없이 고마워지고, 다시 희망을 걸어 보고 싶어졌습니다. 책의 시작에서, 그들에게 이 책을 전합니다. 오래오래 안부를 묻고 싶습니다.

봄꽃

　언제부터일까? 인생의 어느 시점부터 제일 좋아하게 된 시간. 오후 무렵 아무런 생각 없이 봄꽃을 바라보는 시간. 누군가 빚은 정성스럽고 따뜻한 말을 받았을 때, 잠시 울컥하여 그 자리에 얼음이 되고 마는 순간들이 있는데 봄꽃 아래에선 꼭 그런 마음이 된다. 언제 만나도, 또 어떻게 불러도 좋은 계절. 봄.

가끔

삶에 대한 궁금증이 해결되지 않을 때의 무력감과 아득함, 그 무성한 숲속을 걷다 보면 어김없이 작은 개울 앞이다. 해맑고 서늘하다. 무너질 것 같은 표정과 가지런히 정리된 날들의 조화 속에서, 몸살을 앓다 아름다움을 보다 하는 것이 우리네 삶이라는 걸 이제 조금은 알게 된 것 같기도.

본명으로 서로를 부를 때

연희동에서

친구들 서로 축하할 일 하나씩 느는 거 얼마나 기쁘고 감사한 일인지. 가깝고 나란했던 시간. 이런 시간은 아무리 나이를 먹어도 길을 잃거나 흐려지지 않는다. 손 뻗으면 닿을 곳에 내가 자주 부르는 이름들이 있다. 친구들이 내게 알려준 건 글보다도 마음을 쓰는 일. 어떤 시간들을 조금씩만 미워할 수 있는 건 그 시간들로부터 함께 걸어온 사람들 덕분에 가능해진다. 정말 좋으면 좋다는 말을 못하게 되니까. 잊지 않기 위해 여기에 기록해 둔다.

느린 걸음으로 돌아오는 일

서른 살이 되었을 때, 새로운 루틴으로 일상을 변주해 보고 싶다는 생각이 들었다. 매번 읽던 책을 읽고, 듣던 음악을 듣고, 만나던 사람들과 비슷한 이야기를 나누다 보니 건강한 성취감을 느껴본 지가 오래된 것 같다는 생각이 들었기 때문이다. 평소 좋아하고 잘할 수 있는 일만 열심히 하는 스타일인데다 오랜 시간 앉아서 글을 썼기 때문인지 몸과 체력이 유연하지 않다는 점이 늘 염려스러웠다. 그래서 30대를 맞아 평생 끌고 갈 수 있는 운동을 시작해 보면 좋겠다는 생각이 들었다. 개인적으로 무게를 드는 운동은 잘 맞지 않았고, 회사 생활에 지쳐 있을 때라 팀웍을 발휘해야 하는 단체전도 유쾌하지 않았다. 요가와 필라테스가 뜨겁던 때라 잠시 고민했지만, 도저히 기술들을 연마할 용기가 나질 않았고, 수영도 어떤 이유에선지 크게 내키질 않았다. 그러다 자연스레 마주하게 된 운동이 달리기였다. 혼자서 할 수 있고 입문을 위한 특별한 기술이나 도구가 필요치 않은 데다 꾸준한 체력과 습관을 기르는 데에 이보다 더 좋은 운동은 없을 것 같았다.

호기롭게 시작했지만 한동안은 좀처럼 진도가 나질 않았다. 오랫동안 운동을 쉬고 있을 때라 더 그랬겠지만, 원하는 거리를 원하는 페이스로 달릴 수 없었을뿐더러 가까스로 30분 정도 뛰고 나면 숨이 차서 화가 나기도 했다. 이걸 왜 하는 거지? 온갖 생각들이 꼬리를 물고 달려들 때 다짜고짜 헬스장을 끊었다. 돈이 아까워서라도 며칠은 더 뛰겠지 싶어 약간의 강제성을 구매한 것이었다. 물론 오기만으로 계속해나가기에 달리기는 내게 거대한 심술이자 고난이었다. 하지만 번번이 버겁게 느껴지던 특정 구간과 거리에서 처음으로 편안함을 느꼈을 때, 나는 달리는 일을 조금 더 적극적으로 받아들이게 되었다. 실로 오랜만에 느껴보는 승리와 환희의 감정이 아닐 수 없었다.

그날 이후 지금까지도 별다른 일이 없을 때면 열심히 달린다. 벌써 몇 년은 되었다. 달리는 일로 체력이나 자세가 특별히 더 좋아졌다거나 날마다 영화 같은 성취감을 느낀다면 물론 거짓말일 것이다. 그래도 달린다. 달리기는 내가 살면서 가져 본 얼마 되지 않는 지속적인 습관이자 몸으로 만든 달성의 기록이다. 무엇보다 달리기를 시작한 뒤로 알 수 없는 잡념에 빠져 우울감에 빠지는 빈도가 확연히 줄어들었다. 한바탕 열심히 달리고 차가운 커피나 물을 마시며 천천히 터전으로 돌아올 때, 그때만 가져 볼 수 있는 깨끗한 마음은 무엇과도 바꾸고 싶지 않다. 그리고 생활로부터 잠시 멀어졌다가 다시 돌아오는 동안 놓쳤던 일들과 열심히 해 보고 싶은 것들의 목록을 조금 더 또렷하게 응시해 볼 수 있게 된다. 달리기는 앞으로도 내게 거대한 훈련일 테지만, 느린 걸음으로 돌아오는 순간을 위해서라도 나는 열심히 달릴 것 같다. 쓰는 일도, 사는 일도 그래서 조금 더 열심히 해볼 수 있을 것 같다.

untitled, 2020

요즘엔 먹고 마실 때만 잠깐씩 마스크를 벗을 수 있으니 먹고 마시는 일에 구구절절 사연을 달고 싶어진다. 내가 먹고 마시는 것들이 결국 나를 이루는 세포가 된다는 말에 매혹당한 뒤로 가장 기본적인 것들을 잘 챙기려고 애쓰는 요즘. 가장 기본적인 것이 가장 위대한 것이라는 생각과 함께.

내일은

어떤 알고리즘 때문인지 불현듯 인생의 크고 작은 실패 경험과 오만하고 경솔하게 굴었던 날들이 두꺼운 단편집으로 묶여 머리를 세게 때릴 때가 있다. 괴롭고 화끈거려 외면하고 싶지만, 이내 마음을 고쳐먹고 두 눈을 크게 뜨고 본다. 지난 일이니 달리 수습할 길이 없고 빨리 감정에서 빠져나와 새롭게 각오하는 일의 동력으로 쓰기로 한다. 감내했던 나와 감내해 준 이들에게 미안하고 고마운 마음만은 잊지 말아야지 생각하면서. 오늘보다 조금씩은 나은 사람이 되고 싶다.

본명으로 서로를 부를 때

느리게, 오래 걷는 여행자

급하게 여행을 정리하고 기차에 올랐다. 무수히 많은 장면들이 창문 밖으로 흩어졌고, 그때까지도 나는 이게 다 무슨 일인가 싶었다. 전화기를 붙잡고 오열하던 친구의 목소리도, 먹은 것을 다 게워 내야 했던 여수에서의 새벽도 모두 거짓말 같았다. 어떻게 네가 나와 우리에게 이런 식으로 돌아올 수 있는지 나는 묻고 싶었다. 네가 없는 나의 유년을 설명할 수 없을 만큼 모든 장면과 기억들에 네가 있었다. 끊임없이 비교되거나 함께 뭉뚱그려지고 말 그대로 서로가 서로의 연관검색어였던 시절이 있었다. 함께 다녔던 학교와 축구공 하나만 갖고 몇 시간을 뛰어놀던 운동장, 서로에게 썼던 낯간지러운 편지나 한 학기씩 번갈아 가며 반장을 나눠 했던 추억들도 모두 그대로였다. 몇 번 같은 여자를 좋아하기도 했고 그것으로 사이가 소원해지기도 했었으며 이상한 선배들에게 꼭 둘이 함께 옥상이나 화장실로 불려 다니기도 했다. 네가 없는 나의 유년, 젊은 날들은 없는 것이었다. 네가 있어서 내가 있었다. 성인이 되고 바쁘게 각자의 인생을 살아가는 중에도 우리는 마치 어제 만났던 사람처럼 서로의 근황을 나누고 함께 그릴 막연한 미래 같은 것들을 얘기하곤 했다. 당장의 월드컵이 그랬고, 훗날 결혼을 하게 된다면 사회나 주례를 봐 달라는 크게 마음에 없는 말도 낄낄대며 나누곤 했다. 2014년은 그래서 더 의미가 있었다. 기점으로 삼아 앞으로 몇 년 주기로 사진을 찍고 같이 월드컵도 보고 여행도 다니자고 했었는데. 이제 함께했던 모든 약속이 막연히 유보되었다. 원망하고 욕을 하고 현실을 부정하다 지쳐 이제는 그냥 너의 평온을 빈다. 간절하게, 태어나 가장 간절하게 빈다.

일이 있기 며칠 전까지 너와 메시지를 주고받았다. 와이파이가 불안정하다면서도 너는 너의 여행 소식들을 수다스럽게 늘어놓았고, 나는 내가 올해에 계획하고 생각하는 것들에 대해 조심스레 설명했다. 말미에 덧붙여 세상의 모든 스물넷 중에 네가 가장 멋진 삶을 살고 있는 것 같다고 했고, 너는 여느 때처럼 어른스럽게 각자 다른 소중한 경험을 하는 거지, 하고 대답했다. 그리고 좋은 결과가 있기를 바란다며 나의 여행과 사진들이 혹시라도 네 생각과 글에 도움이 되었으면 좋겠다고 했다. 무심한 녀석이 이제 이런 말도 할 줄 아네, 피식 웃고 말았는데 왜 그때 네게 나는 다른 아무런 말도 해주지 못했을까? 조심해서 다니고 건강하게 돌아와서 보자는 흔한 인사치레 한 마디 왜 덧붙이지 못했는지 뼈가 깎이는 것처럼 아프다. 마지막은 왜 예고도 없이 오는 건지 피눈물이 난다. 그 오랜 시간을 함께 관통하면서도 네가 내 친구라서 고맙다는 말을 왜 한 번도 하지 못했는지 내가 싫어질 만큼 후회가 된다.

영원히 나와 우리 기억 속에 스물넷의 찬란함으로 남을 네가 우리가 함께했던 날들처럼만 따뜻하길 빈다. 사람마다 주어진 몫의 따뜻함 같은 게 있는 거라면 내 그것을 모두 네게 주고 네가 영원히 춥지 않고 따뜻했으면 좋겠다. 그리고 찰나에 마주했을 그 끔찍한 한기와 공포, 두려움과 온갖 미련으로부터 부디 이제 자유로워라. 누가 떠나고 누가 남은 것이 아니라 그냥 좀 멀리 떨어져서 서로를 지켜보고 기억할 시간을 얻은 것이라고 생각할 테니, 누구보다 여행을 사랑했던 네가 아주 먼 곳으로 새로운 여행을 떠난 것이라고 생각할 테니, 이제 그 앞에서 부디 더 평화롭고 의연해져라. 나와 그리고 우리들은 평생 너를 기억하고 추억할 수 있음을 증명하며 살아갈 테니 무엇 하나 남기지 말고 편안하게 가라.

　마지막으로 너의 이름을 한 번 부르고 싶은데 아직 그럴 용기가 나지 않는다. 마음에 몇 번 더 굳은살이 앉고 나면 그때는 할 수 있지 않을까 생각해 볼 뿐이다. 고마웠고, 미안했고, 앞으로도 더 사랑한다. 부디 좋은 곳에서 따뜻해라, 금방 갈게.

* 지방을 여행하다 친구의 부고를 듣고 올라오던 길에 끓어오르는 감정을 어쩌지 못하고 휴대폰으로 적었던 글입니다. 지금 보면 몇 군데 어색한 문장들이 있습니다. 고쳐야 할까 고민했지만 고치지 않기로 했습니다. 느리게, 오래 걷는 여행자에 대한 마음도 오래 그대로였으면 좋겠습니다. 읽어주시는 분들의 너그러운 양해를 바랍니다.

본명으로 서로를 부를 때

도쿄, 봄 방학 브이로그

삶의 반경에서 잠시 벗어났을 때 비로소 삶을 조금 더 들여다볼 수 있게 되는 것 같다. 바쁘고 소란했던 마음들과 잠시 작별했을 때 나는 조금 더 멀리 흐르고, 연기처럼 흩어지는 표정들을 바라보며 잔잔한 안심을 하게 되었다. 혼자서는 완성할 수 없었을 장면들에 크게 웃고, 낯선 도시의 냄새로부터 모처럼 새로운 문장을 만들어볼 수도 있었다. 거짓말 같은 날씨 덕분에 모든 장면 안에 느긋한 여백이 있었다. 조금 더 느리게 살고 싶다고 생각했다. 열심히 사랑하고, 열심히 쓰고, 열심히 벌고 싶어졌다.

어떤 마음은 시들지 않는다

츠키지시장 터에 거대한 실내 스타디움이 들어선다고 했다. 가게 사장님은 오래된 식빵처럼 낡고 딱딱해진 옛날 신문을 보여 주시며 연신 손가락 다섯 개를 펴 보였다. 무려 5만 명이 들어설 수 있는 거대한 복합시설이라며 그때 꼭 다시 이곳에 와 봐야 한다고 했다. 기대치 않았던 스몰토크에 금세 마음이 편안해졌고 순간 일본 드라마의 한 장면 속으로 들어온 기분이었다. 올해 초 와이프와 함께 츠키지를 방문했을 때 우연히 61년 된 오래된 돈가스집을 발견할 수 있었다. 과하거나 모자라지 않은 일본 특유의 감성과 사진에 담기지 않는 낡음에서 오는 묘한 안정감이 매력적인 공간이었다. 정성스러운 조리 과정과 접객 태도에선 오랜 시간 다듬어진 내

본명으로 서로를 부를 때

공이 느껴져 간발의 차로 차지하고 앉은 카운터석이 기대치 않은 선물 같기도 했다. 우리의 짧은 일본어 때문에 많은 대화를 나누진 못했지만, 찰나에 지나가는 따뜻한 눈빛과 말투만으로 더운술을 천천히 마셨을 때처럼 마음 한쪽이 느리게 따뜻해지는 기분이었다. 식사를 마치고 나오며 가게 외관을 폴라로이드 카메라에 담았는데, 왠지 사진을 선물해 드리고 싶다는 생각이 들었다. 그새 만석이 되어 시끌벅적해진 가게로 들어가 사진을 드리고 도망치듯 나왔다. 조금 쑥스럽기도 하고 혹시라도 영업에 방해가 될까 그랬는데, 사장님은 상기된 얼굴로 금세 우리를 따라 나왔다. 글로 다 옮길 수 없는 영화 같은 순간이었다. 서로 동원할 수 있는 한국어, 일본어, 영어를 모두 소집해야 했지만 언어가 통하지 않아도 마음이 통한다는 게 이런 거구나 알 수 있었다. 남매인 두 분 사장님이 가업으로 이어가고 있는 소중한 가게였다. 퇴근하면 어머니께 이 사진을 꼭 자랑하겠다며 아이처럼 해맑게 웃으실 때, 훗날 이번 여행을 추억한다면 여기에서 멈출 것이라는 걸 직감적으로 알 수 있었다. 후에 스타디움이 완성되면 꼭 다시 와보겠다고 마지막 인사를 나누고 돌아섰다. 사장님은 살짝 열린 문틈 사이로 멀어지는 우리를 한참이나 바라봤고, 나는 마지막 한 장 남은 필름으로 그 모습을 카메라에 담았다. 마침 가게 근처에 스미다강이 있어 소화도 시킬 겸 걸었다. 큰 강이라 조금은 위압적으로 느껴질 만큼 강한 바람이 불었는데, 왜인지 춥거나 싫지 않았다. 마치 안 좋았던 많은 것들이 단번에 씻겨 내려가는 것 같아서, 그곳에서 한참을 걷다가 또 서 있었다. 사랑스럽고 다정한 순간의 완성이 아닐 수 없었다.

일상으로 돌아온 뒤에도 나는 자주 그 사진을 꺼내 보곤 했다. 마음이 어렵고 복잡할 때마다 어떤 문장이나 사진 속으로 숨어드는 내게 또 하나의 부적이 생긴 것 같았다. 누군가가 작아질 때까지 그 뒷모습을 빼꼼히 바라보고 있는 마음은 어떤 것일까. 매일같이 반복되는 회색 일상 속에서 여전히 나를 바라봐 주는 사람들을 갖게 된 것 같아 괜히 마음이 뭉클해졌다. 순수하고 다감한 한 페이지를 나눈 사람들끼리는 어떤 식으로든 다시 이어지고 연결된다. 나는 이 마음이 쉽게 시들지 않을 것이라는 걸 알고 있다.

본명으로 서로를 부를 때

예쁘게 말하기

살다 보면 예쁘게 말하려고 태어난 것 같은 사람들을 만날 때가 있다. 다정하고 고운 말로 주변을 보듬고 상대방의 난처함을 먼저 헤아려 주는 사람들. 말이 해내는 아름다운 일들 많지만, 그들과 보내는 시간만으로 조금 더 정겹고 기꺼이 많이 손해 보는 사람이 되고 싶어질 때가 있다. 생각해 보면 무거운 결심 뒤에 오는 일들보다도 어쩌다 보니 온 마음을 내어준 일들이 곧 삶이 되었던 것 같다. 사람도, 사랑도, 책도 그랬듯이. 깎고 다듬고 조각하려 너무 애쓰지 말고 예쁜 말을 습관처럼 시작해 봐야겠다는 생각. 예쁜 말이 삶인 사람이고 싶다.

당근 쿠키

한 아기가 카페에서 한참을 막 울었는데, 아이의 부모가 죄송하다며 쿠키를 몇 개 건넸다. 별생각 없이 습관처럼 펴 놓은 펜과 공책이었는데 아마 내가 무언가에 집중하고 있다고 생각하신 것 같다. 죄송하다는 말이 고마웠다. 예의 바르고 정중하게 살아온 사람들만이 가질 수 있는 미소의 궤적이 있고, 그런 미소를 가진 사람들을 보면 순간 마음이 따뜻해진다. 요즘 너무나 많은 것들을 한꺼번에 혐오하게 되면서 내가 느낀 혐오에 대해 짧게 적고 있었는데 모조리 지워 버렸다. 여운이 오래 갈 것 같은 단맛이다.

본명으로 서로를 부를 때

일요일 저녁 무렵의 삶

주말 끝엔 저장해 놓은 메시지들을 다시 읽는다. 자세를 여러 번 바꿔 가면서, 웃고 사랑하고 긴장한다. 내가 만났던 이름과 얼굴들을 하나둘 쌓아 올려보다 신비와 안도감으로 축조된 거대한 성곽을 마주할 때가 있다. 아, 혼자가 아니었구나. 누군가와 빈틈없이 연결되어 있었던 순간이 떠오르면 그 시절을 조금 더 아름답게 기억할 수 있게 된다. 묻고 가꾸지 않으면 와르르 무너져 내릴 것이다. 무거운 마음으로 고마운 밤. 내가 더 잘할게요.

무기력 특효약

이유 없이 삶이 버겁게 느껴지는 날이면 인생이 한 번뿐이라는 걸 생각하려고 한다. 계절이 다 지나면 나이를 한 살 더 먹고 결국엔 불이나 흙이 되는 것이 우리 인생이라는 것을 되새기려고 한다. 너무 애쓰지 말고 최대한 흘러가는 대로 살자. 나침반을 잃은 뒤 오히려 방향을 확신하는 배처럼 그래 이쪽이라고 생각하면서 가 보자. 긍정은 물리도록 먹어도 달고 고소한 흑맥주의 맛. 가끔 이런 게 필요할 때가 있다.

본명으로 서로를 부를 때

그런 날

작년에는 일을 정말 많이 했다. 밤마다 높은 절벽에서 떨어지거나 분주하게 쫓기는 꿈을 꾸면서도 다음 밤이 찾아올 때까지 새로운 연장전에 돌입해야 했다. 모르는 척 고개를 돌리는 것만이 내가 아는 유일한 해결책이어서, 문드러진 속을 다독여 내일의 나에게 흰색 배턴을 넘겨주었다. 영화나 책, 유의미한 소음과 주워 볼 만한 장면들에 소홀해지면 노트는 공실이 된다. 사람의 숨과 삶이 닿지 않는 공간은 이내 죽는다. 더 이상 발길이 닿지 않는 팝업스토어 같은 노트를 바라보다 이대로는 정말 안 될 것 같아서, 집까지 가져왔어야 마음이 편했을 일들을 과감히 외면하기로 한다. 모처럼 책상 앞에 엉덩이를 붙이고 앉아 느슨해진 고개의 각도를

조립해 본다. 혼자만의 백일몽에 잠기고 기꺼이 거기에 잠긴
다. 외면했던 장면들을 줍고 간직하고 싶은 문장들을 마음
안주머니에 담는다. 창밖으론 강풍주의보를 견뎌 낸 벚꽃들
이 슬프게도 아름답지만, 오늘은 일이나 꽃보다도 내 마음을
먼저 들여다보기로 한다. 여전히 채우지 못한 공책들이 남았
다고 믿는다.

점잖은 관음

친구의 송별회. 낮부터 양손 가득 술병을 들고 둥글게 앉기. 친구의 집이 지하라서 좋다. 집 안에 있는 틈새를 꼼꼼히 다 막고 나면 여기는 완벽한 밀실. 안으로, 더 안으로 들어가다 보면 항상 만나게 되는 이름들이 있다. 적당히 살갑고 적당히 우울하고. 시간과 만남의 깊이가 항상 비례하는 것은 아니겠으나 우리는 그 사이의 균형을 잘 지켜 나가고 있고, 가장 바닥에서부터 오는 든든함은 무엇과도 바꿀 수가 없다. 이제 술병을 따고 휴대폰을 뒤집으면 많이 웃고 조금만 우는 완벽한 축제의 시작. 건강하게 잘 지내.

전략적 내향성

아주 어릴 때 웅변학원에 다녔던 기억이 있다. 오래 전이라 잘 기억은 안 나지만 아마 그때 웅변학원 붐 같은 게 있었던 것 같다. 동네마다 웅변학원이 몇 개씩은 사라지고 생겨나곤 했다. 나는 내성적인 아이였다. 그리고 그 내성적인 성격을 스스로 맘에 들어 하는 아이이기도 했다. 하지만 그때는 지금보다 집단주의가 강한 사회였고, 소위 목소리 큰 사람이 정말 다 이기는 시대였다. 부모님은 내가 외향성을 추가하기를 바라셨던 것 같다. 웅변학원을 오래 다니진 않았지만, 작은 대회도 나가고 즐겁게 다녔던 기억이 있다. 그 덕분인지 그때 이후로 사람들 앞에서 말하는 게 조금 덜 부담스러웠던 것도 같다. 다만 그때 웅변학원에서 학습된 문장들이

본명으로 서로를 부를 때

마음에 오래 남았다. 내성적인 사람은 경쟁에서 도태될 확률이 높기 때문에 적극적인 사람으로 다시 태어나야 한다는 종류의 말들이었다. 자라면서도 이따금씩 그 말들이 마음에 밟혀 억지로 외향성을 입었던 적도 많았다. 실제로 조금 더 외향적인 사람이 되었을 때 전에 없던 기회들이 생기기도 했다. 지금 생각하면 내게 하등 쓸모없는 것들이었지만, 특히 사회에 나온 뒤론 외향적인 사람들에게만 주어지는 일종의 합격 목걸이 같은 게 있었다. 나보다 한참 선배들이 성격을 바꾸려 애쓰는 모습을 보며 인생은 끝없는 웅변학원이구나 생각하기도 했다.

최근 들어 내향성에 대한 인식이 조금씩 달라지는 것 같다. 소란하고 떠들썩한 시대 속에서 조용하고 차분한 이들에 대한 기대와 호감이 높아지는 것을 느낀다. 사회 전반적으로 개인주의 성향이 강해지며 혼자서 시간을 잘 보내는 능력 역시 더욱 귀해지고 있다. 특히 타인의 삶에 함부로 개입하지 않으려 하고, 갈등이 생겼을 때 불길이 번지지 않도록 조용히 해결하는 것을 선호하는 내향인들에게 앞으로 더 많은 기회가 생길 것 같다. 어쩌면 이젠 목소리 작은 사람이 다 이기는 시대가 올까. 하나 확실한 건 내면에 집중할수록 전에 없던 일들이 더 많이 생겨날 것이라는 예감이다. 내향성이 귀해지는 시대, 전략적으로 내향성을 입는 사람들이 늘어날 것 같다.

본명으로 서로를 부를 때

현실은 오히려 낭만

　　남들은 이해할 수 없는, 남들에게 이해될 리 없는 나만의
세계에 갇혀 비슷한 생각을 가진 예술가들과만 연결되어 살
아가고 싶었던 적이 있었다. 어른이 되면서 자연히 그런 시
간들과 잘 멀어지며 삶의 한 시기를 지나올 수 있었다. 두 눈
을 닿고 싶은 곳 멀리에 두는 것보다 두 발을 땅 위에 두는
게 훨씬 더 중요하고 가치 있는 일이라고 믿는다. 우리가 해
야 할 가장 중요한 일은 가족이라는 울타리 안에 있을 것이
라는 말처럼, 인생의 가장 반짝이는 것들은 늘 지금, 여기 안
에 있다.

여름

저는 유난히 더위를 많이 타는 성격이라 여름만 되면 부쩍 예민해지고 힘든 일이 많아지는데요. 에어컨 아래에서 하이볼을 마시며 하루 빨리 여름이 지나가기만을 기다리는 편입니다. 여름을 견디는 집돌이에게 가장 낭만적인 호사는 긴 샤워 같아요. 깔끔한 걸 좋아하는 성격이라 평소에도 자주 씻는 편인데, 여름에는 평소보다 몇 번씩은 더 많이 씻게 됩니다. 샤워는 저에게 다음 감정으로 진입하기 위한 준비 단계이자 집 안에서 한 번 더 고립될 수 있는 일종의 작은 의식 같아요. 샤워할 때만 느낄 수 있는, 오만가지 생각들이 단번에 지나가는 순간들이 있는데, 그때 건져 올린 단어들이 시가 되는 경우가 많았어요. 그래서 여름은 저에게 하루빨리 낭비되길 기대하는 시간이면서 가장 생산적인 순간이기도 합니다. 욕실 바닥으로 쏟아지는 물방울 같은 생각들 틈에서 기록으로까지 이어진 이야기들입니다. 모든 날들이 그렇듯 희미해지겠지만, 조금만 천천히 지워졌으면 하는 마음들이기도 합니다.

기꺼이 비굴해지는 연습

불현듯 어떤 문장이 내게로 올 때가 있다. 달릴 때나 교통 신호를 기다릴 때, 괜히 질끈 눈을 감아보거나 샤워기를 틀어 놓고 더운물을 기다리는 찰나의 순간에도 분명한 윤곽을 가진 문장들과 만나게 될 때가 있다. 날씨, 감정 상태, 주변 분위기, 어쩌면 그날의 운수까지, 문장들이 대체 어디로부터 오는 것인지 그 출생을 찾아 헤매곤 했다. 하지만 어떤 문장도 그냥 오지 않는다는 것 말곤 아무것도 알 수 없었다. 결국 내가 읽고 듣고 느끼는 모든 순간들이 각자의 획이 되어 여러 문장으로 다시 태어나는 것이라고 믿게 되었다. 그리고 그 문장들은 다시 획으로 쪼개져 나의 감정과 분위기, 운수에도 영향을 미치는 것이라고 말이다. 그래서 나는 평범한 일상 앞에 겸손하기로 했다. 성실하고, 비굴하기로 했다.

여름에 묵묵부답이 되는 사람

여름에는 별로 말을 많이 하고 싶지 않다. 언어를 다듬고, 생각을 키우고, 새로운 영감을 받는 일 모두 체력과 의지가 있어야만 가능한 일이기 때문이다. 해왔던 표현과 생각들을 자주 답습하게 되고 그런 내 모습에 싫증을 느끼는 악순환이 반복된다. 혀와 손끝에 하고 싶은 말이 다시 차오를 때까지, 여름에는 잘 웅크리는 법을 배우고 싶다.

나도 나를 모르는데

살면서 내가 가장 어렵고 부담스럽게 생각하는 사람들은
갑자기 불쑥 안부를 물어오는 사람들이다. 과거 어떤 시간
속에 함께 묶여 있었으나 솔직히 잘 기억나지 않는 추억들에
여전히 너무 많은 빛과 물을 주고 있는 사람들. 아주 드물게
반가운 연락들이 있었지만, 대부분 좋지 않았다. 돈과 청첩
장과 소개팅과 어떤 부탁과, 또 어떤 부탁들. 거절을 위해 정
교한 거짓말을 기안해야 할 때마다 마음이 복잡해져서 어느
순간부터 그냥 답장하지 않게 되었다. 어디 가서 많이 욕했
겠지만 솔직히 상관없다. 그때와 지금 사이, 그 거대한 시간
의 골은 괘념치도 않고 불쑥 그런 말을 걸어오는 건 아무리
생각해도 무례하고 불편하다. 나도 내 안부를 잘 모르는 날

이 많아서, 서로 궁금하지 않은 안부는 그만 물어봐 줬으면 좋겠다.

재능 리프레임

 어제는 별안간 재능에 대해 골몰히 생각해 보게 되었다. 자다 말고 침실에서 나와 달라붙는 생각들을 정리해 보다 얼마 전 친한 친구와 나눈 대화를 떠올렸다. 어느 순간 자취를 감춘 예술가들에 대해 얘기하다 허망하고 쓸쓸한 감정을 나눈 일이 있었다. 타고난 재능을 가진 사람들이 그것을 포기하면서까지 영영 사라지는 이유는 무엇일까? 사회적으로 물의를 빚었거나 여러 개인적인 사건들로 '밀려난' 경우들도 있을 테지만, 특별한 이유도 없이 사라진 이들은 창작 자체가 지겨워졌거나 버거워졌기 때문이었을까? 그러다 문득, 어쩌면 재능이란 특정한 어떤 사람에게 오는 것이 아니라 어떤 사람의 특정한 시기에 오는 것은 아닐까 생각해 보게 되었다. 계속해 보고 싶었지만 계속할 수 없었던 것은 아닐까? 전과 같이 연필을 깎아도 더 이상 뾰족해지지 않아서 하는 수 없이 연필을 꺾은 것은 아닐까? 친구는 그러고 보니 선배 중에 정말 잘 쓰는 형이 있었는데 언젠가부터 근면성실한 파워블로거처럼 된 경우도 있었다고 했다. 보잘것없지만 일정 부분 재능이라고 믿어 왔던 것들이 더 이상 발현되지 않는다면 어떻게 해야 할까. 뭐라도 쓸 수 있을 때 더 많이, 더 열심히 써 놔야겠다.

시절인연

　친구 한 명이 저녁에 잠깐 보자고 한다. 계획에 없던 약속들엔 응답 없음으로 응답하는 편이지만, 집 근처까지 오겠다고 해서 약속 장소를 잡는다. 실없는 농담과 달리 달라진 것 없는 대화들이 핑퐁처럼 이어진다. 술이 조금 돌면 친구는 여느 때처럼 비슷한 이야기를 늘어놓는다. 초등학교 땐 동성인 선배들에게까지 고백을 받았다고, 이달에만 몇 개의 소개팅을 해치웠으며, 딱 맞는 사람이 나타날 때까지 결혼 생각은 없다는 이야기다. 하고 싶은 말이 있는데 하지 않는 게 좋을 것 같을 때 나는 메뉴판을 본다. 메뉴판 안에는 마주쳐야 할 눈이나 응답해야 할 주제가 없다. 메뉴판 안으로 피신해 올라오는 말들을 잘 삼킬 때까지 시간을 확보한다. 친구의

본명으로 서로를 부를 때

반복되는 연설 속에서 우리는 술잔을 나누고 간단한 몇 개의 안주를 더 주문한다. 나이가 들수록 지나친 비관보다 스스로를 지나치게 낙관하는 것이 더 무서운 종류라고 확신하게 된다. 친구의 어떤 말은 좋아하는 색깔로 꾸민 화분 안에서 한 방향만 보고 자라나는 나뭇가지 같다. 어떻게 말해야 친구를 더 위하는 일일까 생각하다 나는 관계를 지키는 쪽을, 혹시 모를 리스크를 피하는 쪽을 선택한다. 나와 다른 쪽을 택한 친구들이 어떤 식으로 그와 멀어졌는지 잘 알고 있다. 우리는 어색한 소개팅 자리에서처럼 날씨와 영화 얘기로 아슬아슬하게 연결된다. 할 수 있는 대화들은 자꾸만 한정적이고, 더 이상 과거로부터 대출할 이야깃거리마저 떨어졌을 때 나는 일어날 준비를 한다. 다음에 또 보자는 약속과 함께 각자의 방향으로 멀어진다. 오지랖 부리지 않길 잘했다는 마음과 설명하기 어려운 미묘한 색깔의 마음이 자꾸만 충돌한다. 다음에 만나면 무슨 얘기를 할 수 있을까 아득해진다. 만나자는 친구의 마음을 완곡히 외면할 용기는 없어서, 그의 다음 연락은 최대한 늦었으면 좋겠다고 생각한다. 함부로 걱정해서 괴롭고, 응답 없음으로 응답하는 일이 늘어날 것 같다고 생각하며 나는 외로워진다.

내일이면 물거품이 되는 문법

더 살아보는 것도 괜찮겠다 싶어
처음으로 위증이라는 것을 했다

열리지 않던 문이 낮게 쉿소리를 낼 때
물에 젖은 습자지 같은 마음이
입을 벌리고 투명하게 울었다

아무리 구겨도 다시 반듯해지는 노트로
가질 수 없는 것들의 리스트를 만들자

물구나무선 세상의 위태로운 중력 속에서
밟고 다닌 말들이 우수수 떨어져 내렸다

더 살고 싶다는 말이
내일이 오길 바란다는 뜻은 아니었는데

희미한 어떤 노랫말이 자꾸만 입속을 맴돌았다

여기 두고 가는 마음

　이사 전날에야 2년 동안 살았던 집의 모습을 찬찬히 둘러보게 된다. 이사 막판에 이런저런 어려운 일이 있었고, 마냥 홀가분할 줄 알았는데 마음이 이상하다. 더 좋은 집으로 가게 되어 기쁘면서도 괜히 다른 사람에게 뺏기는 마음이 들며 서운해진다. 관계가 끝난 자리는 늘 보지 못했던 장면들을 불러온다. 코로나 때문에 집 안에서 꽉 채운 2년을 보낸 곳이다. 재택근무와 결혼 준비의 역사를 함께한 곳이고, 좋은 이웃과 단골 가게들도 만났다. 일상을 정돈하고 취향을 재정립하고 사랑을 단단히 할 수 있도록 우리를 품고 보살펴 준 곳이다. 많은 사랑과 많은 대화, 많은 결심과 성장이 이곳에 있었다. 신세가 많았다. 내일이면 까먹을 마음이겠지만. 잘 있어, 잘 지내.

no summer no more

모처럼 저녁 바람이 좋다. 산책 나온 강아지들이 요란하게 엉덩이를 뒤뚱거린다. 너희도 무지 더웠지? 입추를 넘기고도 끝끝내 버티고 앉았던 폭염이 막 실연당한 사람처럼 질척이다 멀어지는 것 같아서, 어쩐지 조금 귀엽다는 생각을 했다. 날이 밝으면 다시 바깥은 여름이겠지만 내일의 폭염은 오늘보다는 덜 괴로울 것이다. 바람이 두고 간 순환이라는 희망. 여행 당일보다 여행 가방을 꾸리는 순간들이 사실은 더 설레고 즐거운 것처럼 가을보다도 가을을 기대하게 하는 이런 순간들을 너무너무 사랑한다. 시원한 맥주 한잔이 간절한 밤. 여름 멈춰.

본명으로 서로를 부를 때

다 괜찮다는 거짓말

스스로 꼰대일 리 없다고 확신하는 어른들 중에 내가 틀렸을 리 없다고 말하는 사람들이 많다는 건 재밌는 일이다. 자신만의 방식을 논의 불가로 고수하면서 꼰대 딱지엔 거부권을 쓰는 모습을 보고 있자면 조금 재미있다는 생각이 드는데, 진짜 재미있다는 건 아니고. 딱히 할 말이 없으니 파이팅 하시라고 전해 드리고 싶다.

내리막길 앞에서 속도 줄이기

　매일같이 서로를 향한 온갖 힐난과 조롱을 일삼는 대화방이 있다. 유년 시절을 함께 보낸 친구들과는 다 그런 것일까. 주변 사람들 얘길 들어봐도 다들 비슷한 대화방 하나쯤은 가지고 있는 것 같다. 이게 웃겨? 싶다가도 재밌고, 갑자기 그때 세상으로 돌아가는 것 같아 알게 모르게 훈훈해질 때가 있다. 다만 서로가 너무 편하고 익숙하다 보니 상처가 되는 순간들도 있다. 특히 모니터 너머로 대화할 땐 상대방의 기분을 헤아리는 능력을 공평하게 거세당하고 내 말에만 몰입하게 되는 경우가 많다. 나이를 먹을수록 한번 틀어진 관계는 내리막길에서 힘이 실린 수레처럼 다시 되돌릴 길이 없다는 걸 배울 수 있었다. 이제 하나둘 가정이 생기고 각자의 먹

본명으로 서로를 부를 때

고사니즘과 투쟁하느라 얼굴 한번 보고 살기 어려워진 만큼 최소한의 예의를 지키는 일이 더 중요해지는 것 같다. 가까운 관계일수록 더 그래야 한다.

서점에서

나는 보통 집에서 글을 쓰지만, 종종 환경을 바꿔보고 싶어질 때가 있다. 쓰고 싶은 말이 잘 써지지 않거나 채용하는 단어와 문법이 여러 번 반복될 때가 그렇다. 대개 노트북과 책 몇 권을 들고 집 근처 카페를 택하는 경우가 많지만, 아주 가끔은 펜과 노트를 챙겨 대형서점으로 간다. 서점에서 글을 쓰는 시간은 생각보다 많지 않다. 서점에서 나는 주로 관찰을 한다. 구석마다 섬처럼 주저앉아 책을 읽는 사람들, 새로 나온 책들과 부지런히 움직이는 서점 직원들, 지구 어디에나 있는 진상 고객들과 오늘의 베스트드레서, 서럽게 우는 아기들과 교복 입은 한 무리의 학생들을 가만히 들여다본다. 그럼 답답했던 마음이 고요해지며 서서히 무언가 쓰고 싶다는

본명으로 서로를 부를 때

단계로 진입하게 된다. 좋은 글을 쓰기 위해선 책과 사람에 대한 관심을 끈질기게 유지해야만 가능하다고 생각해 왔는데, 아마 서점의 여러 사람들을 관찰하는 일이 내게 새하얀 창작 욕구로 변환되는 것 같다.

조용한 구석을 찾아 자리를 잡고 노트를 펼친다. 물론 서점에선 타율이 별로 좋지 않다. 어디에도 마침표를 찍지 못하거나 쓴 것보다 지운 게 더 많을 때도 있다. 괜히 나와서 시간만 쓴 건 아닐까 싶을 때도 있지만 그래도 괜찮다. 이렇게 흘려 쓴 문장들이 머지않아 어떤 골목에서 인사를 건넬 것이라고 믿고 있기 때문이다.

노트를 가방에 담고 버스에 몸을 싣는다. 어둑해진 장면들이 흔들릴 때마다 쓰지 못한 말들이 새벽처럼 꿈틀거린다. 저녁 간단히 먹고 다시 책상 앞에 앉아야겠다. 버스가 조금만 더 부지런히 달렸으면 좋겠다. 야근이다.

횟집 사장님이 전기 모기 채로 모기들을 막 벌하고 있는데 엄마랑 걸어가던 한 아이가 그럼 모기가 아프잖아요, 했다. 사장님이 웃는 얼굴로 그냥 두면 사람들 피를 빨아 먹고 사람들을 아프게 한다고 엄청 친절하게 설명해 주셨는데, 모기 물린 데는 긁으면 되는데 모기는 죽는 거잖아요 하고 아이가 다시 말했다. 순간 정적. 무식한 사람 둘이 부딪치면 소리가 나는데 지혜로운 사람 둘이 부딪치면 고요해진다. 새롭진 않아도 꽤 신기한 발견.

진짜의 품격

　발 디딜 틈 하나 없는 월요일 만원 버스. 온갖 짜증과 한숨과 무관심만이 난무하는 사람 숲을 뚫고 미안합니다, 좋은 하루 되세요, 내릴게요, 해사한 얼굴을 하고 뒷문으로 향하는 노신사 덕분에 많은 생각을 하게 되는 아침이다. 오랜만에 낯선 이에게서 느껴보는 진짜의 품격. 준절한 품위는 장소나 상황을 가리지 않는구나. 찡그렸던 얼굴이 민망해진다.

어쩌면 가장 다정한 이야기

　모기 때문에 밤을 꼬박 새웠다. 이불을 털고 일어나서도 귓속에서 앵앵거리는 소리가 들리는 것 같았다. 버스에 앉자마자 자야겠다는 생각으로 간신히 준비를 하고 집을 나선다. 그런데 거짓말처럼 만원 버스였고, 짊어진 가방이 지구처럼 무겁게 느껴졌다. 꽉 잡은 손잡이에 의지해 창밖을 바라본다. 귀에 꽂은 이어폰에서 어떤 노래가 흘러나왔지만 잘 들리지 않았다. 나는 머리를 비우기 위해 노력한다. 모기 소리처럼 밀려드는 생각들에 매몰되지 않기 위해 머릿속을 0으로 만드는 일에 집중한다. 일상의 작은 행운들이 도처에 있듯 작은 불행도 늘 주변에 있는 것은 아닐까? 재택근무가 되는 일을 하고 싶다고 생각했다.

다행히 내 앞에 자리가 하나 날 것 같다. 괜히 마스크를 한 번 올려 쓴다. 앉아 있던 사람이 일어나는 속도에 맞춰 좌석으로 돌진해 몸을 구겨 넣는다. 이렇게까지 해야 할까? 잠시 생각했지만, 물소 떼처럼 달려드는 사람들을 제치고 먼저 자리를 차지하는 데에 성공한다. 창문을 열고 숨을 조금 돌린다. 아, 쉽지 않은 싸움이었어. 계속 서서 가야 하는 사람들에게 알 수 없는 부채감을 느낀다. 괜히 마음에 가래 같은 게 걸리는 것 같았지만, 계속 서서 갔으면 너무 힘들었겠지.

한바탕 짧은 전쟁 때문인지 커피를 많이 마셨을 때처럼 무거운 각성 상태가 이어진다. 잠깐 눈을 붙이기는 이미 글렀고 나는 템포가 빠른 음악을 선택한다. 파랗게 물들어 가는 나뭇잎들이 보인다. 여름이네. 예쁘네. 창밖으로 달리기를 하는 한 여자가 눈에 들어온다. 나보다 한참 연배일 것 같은데 무척 멋있고 건강해 보인다. 아침부터 자리 하나 두고 국지전이 벌어진 버스와 그 옆을 유유히 달리는 한 사람이 오버랩된다. 이 시간에 아침의 서울을 달릴 수 있는 특권은 스스로 쟁취한 것일지 가지고 태어난 선물일지 문득 궁금해진다. 몰라. 어떤 쪽이든 내가 알 게 뭐야. 볼륨을 높인다.

옆에 서 있던 정장 입은 아저씨가 마침내 앞자리에 앉는 다. 바삐 서류를 넘기고 휴대폰을 만지는 사이마다 작지만 깊은 한숨 소리가 새어 나온다. 도착 전까지 애써 외면했던 오늘 처리해야 할 일들을 떠올린다. 신나게 아침의 서울을 달려 도착한 집엔 모기도 서류도 한숨도 없지 않을까. 괜히 심술을 부리고 싶다. 불현듯 앞으로의 긴 긴 노동의 삶을 어 떻게 견뎌야 할지 막막해진다.

내릴 때가 되자 창밖이 소란스럽다. 협력업체 부당해고에 반대하는 시위다. 시위가 많은 동네라 처음엔 대수롭지 않게 여겼으나 그냥 일하고 싶을 뿐이라는 현수막 문장이 미간을 스친다. 어쩌면 나도 그들에겐 아침의 서울을 달려 소중한 일터로 향할 수 있는 특권을 가진 사람일까. 마음이 복잡하 고 민망해진다. 무거운 몸을 깨워 조금 더 열심히 살아 보고 싶어 커피에 샷을 추가한다. 타인을 내 멋대로 동경하고 싶 을 때 타인도 나를 동경할 수 있다는 점을 생각하려 한다. 한

본명으로 서로를 부를 때

숨이, 일상이 감사함이 되는 마법은 거기에서부터 이루어진다. 오늘은 듣기 싫은 사람들의 모기 같은 목소리도 과분한 연주라고 생각해 보려고 한다.

일을 며칠 쉬게 되어 와이프를 차로 사무실까지 데려다주었다. 유난히 무더웠던 여름의 끝에 둘만의 짧은 이벤트가 생긴 기분이었다. 에어컨이 필요 없는 날씨라서 좋았다. 창문을 여니 기대 이상으로 서늘한 바람이 불어 금세 마음이 황홀해졌다. 둘 다 말수가 많지 않은 편인데도 함께 있다 보면 정말 많은 이야기를 나누게 된다. 대부분 돌아서면 까먹는 말들이 더 많지만, 그때만큼은 이 차가운 행성 안에서 둘만 아는 이야기를 하나 더 쌓아 간다는 생각에 괜히 뭉클해질 때가 있다. 와이프를 내려 주고 백미러로 손을 흔드는 모습을 가만히 바라본다. 혼자서 자기 일을 끌고 가는 게 얼마나 어려운 일일까 생각이 들 때마다 내가 더 잘하고 싶어진다. 연애부터 벌써 6년을 넘게 부대끼며 온갖 말과 마음으로 가장 내밀한 세계를 나눴어도 여전히 가끔 믿기지 않는 우리라는 관계. 사람과 사람이 만나 서로의 가장 약한 부분을 깎으면 사랑이 되나. 혼자서 돌아오는 길이 여러 의미로 번역되고 관찰된다. 놀랍고 경이롭다.

한 번 더 삼키고 마는 말

먼저 취업한 친구들 중에선 요즘 취업이 얼마나 힘든가를 역설하며 은근슬쩍 자신의 처지를 더 위에 두려는 친구들이 있다. 나는 이때마다 입대를 앞둔 동생들을 모아 놓고 졸린 무용담을 술병처럼 늘어놓던 가엾은 형들을 떠올린다. 우리의 삶은 남들보다 가끔 괜찮고 대개는 남들만큼 부질없다. 부질없는 순간들을 위해 가끔 괜찮은 순간들을 잘 삼킬 줄 아는 지혜가 필요하다. 언젠가 한 번은 말해 주고 싶다.

본명으로 서로를 부를 때

아주 애틋한 고립

휴식에 간절했던 모양인지 틈날 때마다 눕고 자고 마셨다. 틈틈이 바다를 보러 나가거나 짧은 러닝을 할 때를 빼곤 숙소 밖으로 잘 벗어나지 않았다. 가만히 흘려보내는 시간이 필요해 부러 많은 일정을 잡지 않았다. 먹고 사는 일과 싸우느라 잔뜩 긴장했던 근육들이 풀릴 때, 그때만 느낄 수 있는 경쾌한 피로감을 좋아한다. 잘은 아니어도 열심히 살았네, 스스로를 위한 짧은 축사를 쓰게 되고 이때만큼은 돈과 시간을 낭비하는 일에 조금 더 너그러워진다. 속초에 와서 글을 제법 썼는데 '사랑'과 '고립'이라는 표현을 많이 썼다. 글이라는 게 이렇게 투명한 것이기도 하다. 잘 쉬고, 잘 놀았다.

가을

점잖은 물결 속에서
잠시 헤엄치는 상상

1년 중에 제일 좋아하는 계절입니다. 그래서 열심히 일만 하다 받은 며칠 짜리 휴가처럼 더 짧게 느껴지기도 해요. 날씨가 아까워 주말 아침부터 벌떡 일어나 괜히 동네를 몇 바퀴씩 걷는 일이 많습니다. 약속을 미뤄 왔거나 닿을 일이 부족했던 사람들과의 관계를 조금 더 섬세하고 오붓하게 살펴보게 되는 순간이기도 합니다. 저는 한 해를 보내고 나면 혼자만의 1년 집계를 해보는 편인데요. 사랑한다, 감사하다, 덕분이다, 같은 위대한 말들을 가장 많이 하는 시간이 가을인 것 같아요. 예민했던 여름을 보내고 잠시 너그러워지는 순간입니다. 친구들에게 혹시 어려운 부탁을 할 일이 있거든 가을에 해 달라고 말하는 편입니다. 다른 때보다는 넘어갈 확률이 아주 조금 더 높습니다.

가을로부터 온 편지

　계속 잡아두고 싶을 만큼 사랑스러운 요즘 날씨. 거리마다 만석인 테라스와 조금 쌀쌀해진 바람에 의젓하게 흔들리는 나뭇잎들을 좋아한다. 새로운 계절로 진입했음을 실감하며 가을에만 신는 아끼는 신발을 신고 목적지 없이 오래도록 걷는다. 가을을 맞이하는 나만의 의식이랄까. 알게 모르게 무게를 더해가는 온갖 근심과 걱정들로부터 잠시나마 자유로워진다. 걷다 만난 진초록 나뭇잎을 가까이 들여다본다. 미워했던 여름도 그 끝자락에선 아득한 장면처럼 느껴지는 것이다. 이번 가을엔 실눈 뜨고 졸고 있던 여러 마음들을 깨워야지. 가을처럼 포근하고 많이 넉넉해지는 글 쓰고 싶다.

자신의 삶을 전시하지 못해 안달인 사람들과 아, 더 이상 친구가 될 수 없다고 느꼈을 때부터 조금씩 숨통이 트이기 시작했던 것 같다. 귀를 닫으면 그만이었는데, 그게 잘 되질 않았다.

untitled, 2018

집으로 돌아오는 길에 책을 한 권 샀다. 오랫동안 마셨던 커피 원두를 바꾸었고 영화와 맥주보다 가성비 좋은 취미를 연구하고 있다. 친구들에게 부쩍 좋은 일이 많아져서 기분이 좋다. 여름이라 미뤄 뒀던 계획들을 챙기며 혼자 소소하게 위로받는다. 나를 살게 하는, 그래서 함부로 적을 수 없는 사람이 요즘의 나에게도 있다. 과분하고 흥미로운 제안 하나를 받고 고민하고 있다. 0이거나 1이었으면 좋겠다. 2도 싫고, 0.5는 가장 싫고, 다만 0이거나 1이었으면 좋겠다. 모든 일에 전처럼 열정적이지 않은 내가 생각만큼 믿지 않고 몸도 마음도 걷기보단 눕기를 선호하는 사람으로 살고 있다. 하루에도 몇 번씩 잘 쓰고 싶다고 생각하고 또 몇 번씩 잘 쓸 자격이 없다고 생각한다. 삶 구석구석 놓고 온 것들이 있었다. 모르는 것보다 아는 게 더 괴로울 때가 있다. 트위터에 점령당한 사람들에겐 속 얘기를 하지 않는 버릇이 생겼다. 불면에 목을 내어준 뒤로 더 이상 악몽을 미워하지 않게 되었다. 계절이 바뀔 때마다 높은 확률로 몸살을 앓는다. 예고하고 오는 불청객의 민낯을 유추해 본다. 어떤 사석에서 수행원의 보폭으로 걷는 일이 중요한 것 같다고 내가 말했는데 그게 다 무슨 소리였나 싶다. 로또 명당 앞에 길게 늘어선 행렬을 바라보다 나도 모르게 오혁의 목소리를 떠올린 저녁이었다.

본명으로 서로를 부를 때

    논리적으로 설명하기 매우 힘들지만, 무심하게 색을 바꾸는 나뭇잎을 보고 있으면 다시 글이 쓰고 싶어진다. 두고 온 순간들을 그리워하는 일은 서운함에 가깝다. 서러움과는 다르다.

담배를 바라보다 쓰는 일기

    담배를 피우지 않지만, 담배로부터 오는 영감을 좋아한다. 좋지 않은 걸 알면서도 기꺼이 자신의 시간과 건강을 내어주고 얻는 짧은 환상. 끝이 비극일 걸 알면서도 기꺼이 어둠 속으로 걸어 들어가는 어린 연인과 담뱃갑 하나 안주머니에 품고 또 하루를 살아 내는 수많은 노동자를 떠올리게 한다. 가장 깊은 곳까지 들어갔다가 가장 먼 곳으로 흩어지는 담배 연기는 어쩐지 사람을 닮았고, 장렬하게 타오르고 고꾸라진 담배꽁초는 위대한 대장군의 마지막 충절처럼 느껴진다. 어쩌다 마주친 풍경들이 머릿속 무기력을 오려내고 기대하지 않았던 생각들을 덧칠할 때 나는 전보다 여유롭고 충만해진다. 나를 생각하게 하는 모든 것들을 사랑한다.

본명으로 서로를 부를 때

눈 감고 하는 낚시

막 악몽을 꾼 순간보다 조각난 악몽으로부터 발버둥 치는 순간에 더 많은 이야기가 있다. 맑게 갠 하늘보단 먹구름 쪽에, 금빛 모래보단 성난 파도 쪽에 목을 길게 뺀 사연들이 기다리고 있다. 내 안에 켜켜이 쌓이는 불안과 어둠으로부터 다른 성질의 무언가를 건져 올리는 연습을 한다. 어둠은 넘겨도 줄지 않는 두꺼운 소설 같고, 그래서 나를 안심하게 하는 순간들이 있다.

젊은 우리 날들

1.

주호가 한국에 와서 지난 금요일을 친구들과 함께 보냈다. 다들 오랜만의 재회였다. 늦게까지 술을 마셨는데 별로 취하지 않았다. 친구들이 담배 피우는 걸 지켜보다 어떤 장면과 문장들을 조립했는데 잘 기억나질 않는다. 가장 편안함을 느끼는 사람들과 공간 속에서 오래 행복했다. 가 보고 싶었던 술집에서 만나고 싶었던 사람을 만날 수 있었고 나는 땔감을 또 수확할 수 있었다. 땔감이 없어서 불을 피울 수 없고 그래서 활자가 무섭다는 얘기를 했던 일이 있었는데 적어도 그런 핑계는 댈 수 없게 되었다. 모처럼 단잠을 잤다. 발키리처럼 군림하는 여전사 앞에서 무릎을 꿇는 꿈을 꾸었다. 기꺼이,

마땅히 꿇었어야 할 무릎이었다.

2.

어제는 잠이 오질 않아 영화를 보다 책을 읽다 하다 모아
둔 손 편지들을 꺼내 보았다. 사람들에게 받았던 손 편지만
큼은 버리지 않고 모아두었다. 미워하게 되거나 멀어진 사람
들에게 받았던 마음은 아주 느린 속도로 매끈한 창문을 긁고
내려가는 빗방울을 닮았다. 그 시절 내가 즐겨 쓰던 문장과
표정들이 떠올라 맥주를 꺼내지 않을 수 없었다. 잃지 말았
어야 할 사람들을 너무 많이 잃었다는 생각이 든다. 무릎 옆
으로 휴지통을 끌어다 놓고 몇 차례의 긴 검수를 했다. 이불
속으로 들어가 둥글게 몸을 말며 마음보다 심장이 아프다는
생각을 했다.

3.

혼자만의 시간을 확보하는 일을 중요하게 생각한다. 책도
읽고 글도 써야 하고 영화도 보고 음악도 들어야 하고 무엇
보다 생각을 할 수 있어야 한다. 잘 이해하지 못하는 사람들

이 많겠지만, 나는 이 시간들이 나를 구성하는 기본 단위라고 믿는다. 요즘은 다른 것들을 거의 제쳐두고 생각하는 일에 몰두하고 있다. 나에 대해 생각한다. 나를 이해하고 규정하고 싶다. 인간은 스스로를 보호하기 위해서라도 자신에 대한 색안경을 벗지 못하는 동물인 것 같다. 껄끄럽고 두려운 일이지만 더 늦어지면 안 되겠다는 생각이 든다. 판단이 서면 홀연히 떠날 수도 있지 않을까. 아무런 판단 없이 판단을 원하고 있었다. 블라인드를 내릴 시간이야.

사랑뿐

　하루 끝마다 하루를 복기하며 일기를 써 왔는데, 요즘엔 잘 쓰지 않는다. 일기 말고도 다른 아무것도 쓰지 않는다. 삶이 넉넉하고 단순하고 간편해져서, 따로 적을 말이 잘 태어나지 않는다. 할 말도, 하고 싶은 말도 별로 없다. 머리와 마음에 밥을 주기 위해 책을 읽고 영화를 보고 음악을 듣지만 다만 그것들이 여가의 한 부분이라고 느껴질 뿐 '하고 있다'는 느낌은 들지 않는다. 내 불안의 팔 할은 무언가 해야만 한다는 강박이었으나 지금 사랑 말곤 아무것도 하고 싶지 않다. 요즘 유일하게 자주 하는 건 혼잣말이고, 어떤 혼잣말은 혓바닥이 파랗게 저릴 때까지 물고 있고 싶은 달콤한 사탕을 닮았다. 내가 여기서 더 무얼 바랄 수 있겠어.

초록이 되는 꿈

문화가 있는 날. 곧 문을 닫는 파크에 왔다. 가장 좋아하는 서점에 대한 질문을 받고 오래 고민하지 않고 파크라고 대답했던 어느 여름날을 기억한다. 생생하고 싱그러운 초록색의 기억. 생겨나는 것보다 사라지는 것들에 더 마음이 가는 어른이 되었지만, 이곳에만 서면 여전히 초록색 마음들이 파랗게 피어나는 것 같다. 좋았던 기억들만 잔뜩 만들어 준 서점에게 보내는 짧은 헌사. 받았던 것이 많아 돌려주고 싶은 마음에 들러 본다. 오늘은 창문이 열려 있다.

* 어른들을 위한 서점 파크(2016.10.1 ~ 2019.9.30)

본명으로 서로를 부를 때

일어나야 시작되는 이야기

보고 싶은 전시가 있었는데 누워서 빈둥거리고 싶은 마음이 더 커서 주말 오후를 그냥 보냈다. 가끔은 침대에서 일어나 옷을 입고 문을 나서는 게 너무 힘들다. 이대로 어두워지면 알 수 없는 패배감이 밀려올 것 같아서 아무렇게나 입고 택시를 잡았다. 오길 잘했다고 오천 번 생각했다. 기대 이상의 전시가 딱딱했던 눈가와 마음을 차례로 짚어주었다. 어떤 사진들 앞에서 이름 몇 개 생각했고. 이제 침대에 누워서도 얼마든지 배우고 또 경험할 수 있는 시대지만, 결국엔 내 두 발과 두 눈으로 해낸 것만이 남는다는 생각이다. 값진 배움이 있었던 하루. 연휴의 시작이 예쁘다.

여기 서 있을게

　사랑은, 어쩌면 결혼은, 서로의 여백을 칠해 주는 일이라
기보다 서로만 남기고 주변의 것들을 지워 가는 일인 것 같
다. 그럼에도 나 하나 우뚝 서 있어 주겠다는 마음으로.

Small Wedding, Big Love

처음 만났던 순간부터 결혼을 결심하게 했던 사람과 5년간의 연애를 잘 마치고 인생의 새로운 장을 열게 되었습니다.

결혼을 통해 달라지는 것도, 그렇지 않은 것들도 있겠지만 지키고 싶은 소중한 마음이 생긴 뒤로 세상에 대한 생각과 관점이 조금은 달라진 것 같습니다. 다른 많은 부분에서 혹시 실패하더라도 사랑만큼은 곁에 있을 것이라는 확신, 사랑 하나면 잘하면 되겠다는 생각이 저를 조금 더 편안하게 만들었습니다. 가족, 친구들과의 관계도 더 좋아졌습니다. 사랑을 통해 변화하는 내 모습이 내 마음에 드는 것보다 더 아름답고 고귀한 것은 없는 것 같아요. 마음이 통하는 사람과 함께 늙어갈 수 있다는 것, 저는 이번 생은 이것만으로 충분할 것 같습니다. 더 많은 것을 바라거나 무리하지 않고, 가장 소중한 것을 보살피는 마음으로 다정하고 묵묵하게 잘 살아 보겠습니다.

처음 결혼을 준비하게 되었을 때부터 가족들 곁에서 가장 편안한 모습으로 축하받고 싶다고 생각했습니다. 하지만 직접 축하해 줄 기회를 주지 않아 서운하다는 친구의 말을 듣고 저희가 많이 부족했다는 생각도 하게 되었습니다. 많은 분들을 모시지 못하게 되어 송구스럽습니다. 다만 결혼으로 유난 떨고 싶지 않고, 그저 작은 축제이길 바라는 신랑신부의 마음을 너그러이 이해해 주셨으면 좋겠습니다.

인생이 그렇듯 저희가 지금 느끼는 감정과 생각들이 다 옳지는 않을 것이고, 결혼이 꼭 행복이나 안정을 보장하는 것은 아닐 것입니다. 반성하고 후회하고 좌절하며 고쳐 나가야 하는 순간들도 분명 따라올 테지요. 하지만 사랑하는 사람이 모든 면에서 저보다 더 나은 사람이라는 확신이 있고, 서로

본명으로 서로를 부를 때

가진 좋은 부분들을 함께 키워 나가며 지금보다 나빠지지 않고 평범하고 포근하게 잘 살아 볼 수 있을 것 같다는 생각이 듭니다. 살며 긴밀한 관계를 맺었던 모든 사람들 중 한 번도 바닥을 드러내지 않은 유일한 사람. 깨끗하고 우아하고 단단한 내면을 재능처럼 가지고 태어난 사람의 손을 잡고 다른 한 손으론 소소한 낭만들을 주우며 씩씩하게 함께 걸어가겠습니다.

　1년 동안 결혼을 준비하면서 결혼은 잘 맞는 사람들에게는 아주 괜찮은 제도일 것 같다고 생각했습니다. 좋은 제도라고 믿는 날들이 더 많았으면 좋겠습니다. 내색 한번 없이 묵묵히 바라봐 주신 양가 부모님과 가족들, 자신들의 일처럼 기뻐하고 응원해 준 소중한 친구들에게도 특별한 마음을 전합니다. 고맙습니다.

Sometimes reality exceeds dreams

신혼여행 생각을 하면 항상 즐겁다. 진심으로 축하해 주고 물심양면 도와주었던 사람들의 이름을 긴 밤처럼 지나 처음 만났던 에메랄드빛 바다를 잊을 수 없다. 처음부터 다른 여행지는 생각하지 않았다. 신혼여행마저 분주한 숙제가 되면 싫을 것 같아서, 고생했던 마음 온전히 뉘일 수 있는 휴양지를 가고 싶었다. 몰디브로 여행지를 정하고 나서 와이프와 대화를 많이 나눴다. 인생에서 온갖 축복의 말만 들을 수 있는 거의 유일한 여행인 만큼 어떻게 하면 꽉 채워 즐길 수 있을지 결혼 준비 때부터 많이 고민했던 것 같다. 그리고 우리가 내린 선택은 로밍을 하지 않는 것이었다. 가끔씩 와이파이가 잡힐 때만 휴대폰을 보면서, 둘만의 순간에 완전히 집

중했다. 아껴 두었던 아기자기하고 고운 말들 넉넉히 나누고 온몸에 긴장을 푼 채 흘러가는 시간들을 감상했다. 매일 달리던 산책길이 지루해지려고 할 때면 자전거를 탔다. 휴대폰으로 음악을 듣는 대신 머리로 시를 썼고 자주 만나는 반가운 얼굴들에겐 먼저 인사하고 몇 마디씩 나누었다. 매일 마시던 아메리카노 대신 코코넛 디바인을, 맥주 대신 진을 고르며 멀리 떠나온 이방인의 기분을 만끽하기도 했다. 해변에 길게 누워 스마트폰 대신 하늘을 바라볼 때면 흘려보낸 날들의 뒷모습을 관찰할 수도 있었다. 석양 아래 끝끝내 서로를 놓지 않겠다고 다시 한번 약속했고 숙소로 돌아오는 길마다 우리가 조금 더 가까운 친구가 되었음을 느낄 수 있었다. 찡그리는 사람 하나 없는 천국 같은 곳에서 두 사람이 누릴 수 있는 가장 투명한 행복이 아니었을까. 기대만큼 많은 사진을 남기진 못했지만 정말 아름다운 것들은 마음속에 있는 법이니까 크게 아쉽지 않았다. 인생에서 가장 행복했던 기억을 수집해야 할 때면 찰랑이던 하늘과 물결을 떠올린다. 사랑뿐이었던 우리의 표정과 목소리를 오래도록 잊지 않고 싶다.

음소거가 되는 마음

지금보다 어렸을 땐 기쁜 소식을 나눌 수 있는 사람은 많아도 어려운 얘기를 꺼낼 수 있는 사람이 많지 않다고 생각했다. 하지만 나이를 먹을수록 좋은 일을 순수하게 나눌 수 있는 사람이 더욱 귀해진다는 느낌을 받는다. 행여 나의 기쁨이 누군가에게 과시로 오역되거나 개운치 않은 사건이 될까 염려되기 때문일까. 결국 가족 말곤 없다는 말을 조금 이해하게 된다.

본명으로 서로를 부를 때

약소한 생활

　내가 결혼을 통해 가장 기대했던 것 중 하나는 혼자만의 시간을 확보하는 일이었다. 결혼과 혼자만의 시간이라니 어딘가 모순적으로 들릴 수도 있을 것 같다. 하지만 한 살씩 나이를 먹을수록 혼자가 되지 않고선 좀처럼 쓰는 시간을 만들 수 없다는 걸 깨달았다. 그리고 아무것도 쓰지 않는 삶이, 얼마나 나를 괴롭고 무력하게 하는지도.

　그런 의미에서 결혼은 내게 아주 훌륭한 명분이었다. 결혼 전 좋아하는 선배 부부로부터 좋은 배우자는 반경이 단조로우며 관계가 최소화된 사람이라는 말을 들었던 적이 있다. 물론 동의하지 않는 사람들도 있을 테지만, 그때 나는 복권이라도 맞은 것처럼 가슴이 두근거렸다. 혹시 잊어버릴까 봐 잠시 양해를 구하고 스마트폰 메모장에 따로 메모까지 해 둘 정도였다. 결혼 전부터 평범한 결혼생활의 근간은 서로에게 예측 가능한 사람이 되어 주는 일이라고 생각해 왔다. 안정적인 결혼생활과 조금씩이라도 쓰는 삶을 위해 내게 이보다 더 좋은 동기부여는 없을 것 같았다. 다행히 친구들도 많이 봐주는 눈치였다. 물론 어떻게든 밖으로 끄집어내려는 지독한 친구들도 있었지만, 그들도 결국엔 그러려니 하고 마는 눈치였다. 고맙고, 미안한 마음이었다.

가급적 사람들을 만나지 않고, 서운해하는 사람들에게 진심으로 사과하고, 적립된 부채감에 억지로 약속을 잡지 않으며, 그래 내가 틀렸고 너희들이 다 맞다고 얘기할 수 있게 되면서 비로소 내 삶은 지극히 간소해졌다. 가끔 사람들의 안부와 생활이 궁금해지거나 불쑥 보고 싶은 마음이 들 때도 있지만, 그 순간을 잘 넘기고 나면 사실 궁금한 것도 별로 많지 않다는 생각이다. 인생의 크고 작은 일들을 함께 나눌 만큼의 거리만 수호하면 된다는 믿음이 있고, 그들 덕분에 읽

본명으로 서로를 부를 때

고 쓸 시간을 확보할 수 있게 되었다고 믿는다.

　주말이면 가만히 서재에 앉아 평일마다 틈틈이 써 두었던 문장들을 읽고 고친다. 앞으로의 삶을 예측할 순 없겠지만 아마 앞으로도 비슷하게 흘러가지 않을까 싶다. 그래서 나의 이 생활에 약소한 생활이라는 이름을 붙여 주었다. 어떤 사물이나 상황에 나만 아는 이름을 지어 주면 마치 오래전부터 약속했던 사이와 만나는 기분이 되며 지속성을 얻는다. 간소나 검소로는 왜인지 다 담을 수 없는 느낌이어서, 약소한 생활이 제일 잘 어울리는 것 같았다. 우리가 약소하다고 건네는 마음이 사실은 가장 든든하고 무거운 것처럼. 평범하고 단단한 나의 약소한 날들을 기대해 본다.

결국 관건은 간격이다. 뭐든 적당한 간격이 있을 때 건강히 이해할 수 있게 된다. 일도, 사람도. 가을과 겨울 사이 딱 그만큼의 간격. 간격에 대한 여러 생각.

지식의 함정

재즈를 좋아한다고 했더니 재즈의 역사가 어떻고 어떤 재즈 리스트가 이랬다고 말하는 사람한테 그만 실수로 위스키를 좋아한다고 말했더니 블렌디드가 어떻고 세상에서 제일 비싼 위스키는 얼마라고 해서 그 사람과는 눈인사만 하게 되었다. 재즈와 위스키 애호가로서 이들을 더 훌륭하게 즐기기 위해 어느 정도의 지식이 필요하다는 데엔 동감하지만, 사실 꼭 그렇지만도 않은 것 같다. 아는 만큼 보인다는 말, 맞는 말인데 어쩌면 딱 그만큼만 보고 있는 것일 수도 있다. 세상모든 것을 암기하듯 이해하려고 하는 사람들과는 대화를 길게 하고 싶지 않다. 빨리 집에 가서 좋아하는 재즈에 위스키 마시고 싶은 날이다.

겨울

1년 내내 반짝이고 땀 흘리던 마음들이 꽁꽁 얼어붙고 부서지는 계절. 겨울이 되면 유독 몸과 마음이 더 작아지는 것처럼 느껴집니다. 크고 작은 헤어짐도 많고, 한 해 세웠던 계획과 수많은 다짐들을 떠올리며 스스로에게 한없이 가혹해지는 시간이기도 해요. 수심이 깊고 유속이 빠른 겨울 쓸쓸함에 휘말리면 끝없이 바닥으로 가라앉게 될 것 같아서, 올해 이루지 못한 것들보다 그럼에도 해낸 것들에 대해 생각하려고 합니다. 아주 작고 보잘것없을지언정 내가 만들었던 성취로 비빌 언덕을 만들어 두면 조금 더 홀가분하게 한 해를 닫을 수 있게 되더라고요. 1년은 다시 누구에게나 공평하게 돌아오잖아요. 올해 미진했던 것들은 내년에 더 열심히 시도해 보면 되니까. 당장 옆에 있는 길거리 붕어빵 포장마차와 크리스마스 캐럴에 더 집중하려고 합니다. 짧다면 짧고 길다면 긴 지면 동안 봄부터 가을까지의 이야기를 채워 왔습니다. 이제 마지막입니다. 여러분의 읽어 주심으로 마지막 겨울까지, 네 개의 계절을 함께 완성해 주시면 좋겠습니다. 헤어짐보다 다시 만나자고 인사하는 시간이기를 바랍니다. 덕분입니다. 고맙습니다.

다시, 겨울

이 계절이 내게 주는 고질적인 불안함. 마음이 모래알 같을 땐 누굴 만나도 쉽게 흔들리고 영향 받는다. 맘을 닫고 몸을 사려야지.

그게 아니고

마파두부를 먹으며 두부를 골라내는 네게 아무것도 물어보지 않았다 탕짜면을 시켜 주는 주말에는 말없이 먹는 너를 바라보았지만 자꾸 닿는 팔꿈치가 낯설어서 일부러 돌아누운 적이 있다 듣기 위해 끄덕거리고 잠들기 위해 네 단추를 풀다가 나를 스친 그런 날이면 너는 마파두부를 먹었고 우린 조금만 다정해질 수 있었다 탐낸 적 없는 네 입술에 기울어 샛노랗게 영근 단무지를 잘근잘근 씹다가 너는 마파두부를 이해하기 위해 저가항공을 검색한다 처음 같이 샀던 캐리어는 이미 내다 버렸는데 낮은 자세로 포복하는 너의 말들이 나를 지나쳤다 비행기를 찾았는데 공항까지 갈 일이 없는 너의 한숨을 들을 때면 나는 막 튀겨 낸 탕수육 냄새를 맡았다 그런 날이면 나는 울고 싶지 않아서 TV 볼륨을 음소거로 맞췄다 부서지기 위해 뭉쳐지는 두부처럼 한 발짝 멀어지기 위해 불을 끄고 너를 안았다

두 기도

더 이상 입안에 살지 않는 이름들과 겨울에도 살아남은 이름들을 위해 나란히 다른 내용의 기도. 서로의 거리를 가늠하기 좋은 계절, 겨울.

본명으로 서로를 부를 때

머리를 비우기엔 전시회가 좋다

생애 가장 멋진 주례를 들었다. 언어는 간결할수록 아름답다. 그냥 돌아가기 아쉬워 휴대폰을 만지다 모네 전시가 오늘까지라는 걸 알았다. 친한 동생이 처음으로 여자친구를 소개해 주었다. 둘 다 글을 쓰는 사람들이라 연필처럼 신중한 게 꼭 닮았다. 모네를 알려 준 건 그림을 그리던 전 애인이었다. 눈빛과 기침 소리까지 기억하는 얼마 되지 않는 사람. 주사까지 맞았는데 며칠째 기침이 잘 낫질 않는다. 간결해서 아름답고 싶은데 나는 하고 싶은 말이 많다. 대부분 뱉질 못하고 몸속에서 부유시키는 게 내 최대 강점이자 약점이라는 걸 알고 있다. 모네에게 영향 받기 전부터 그러니까 인상파와 인상주의 같은 단어에 이질감을 느꼈던 때부터 나는 인상

파로 살고 싶었던 것 같다. 현실적인 현실은, 아무래도 좀 그렇잖아. 새로운 지점으로 나아갈 때마다 길었던 황금연휴의 문이 함께 닫히고 있음을 깨닫는다. 꼬박 나흘을 놀았는데 나흘만 더 놀고 싶다. 머리를 비우기엔 전시회가 좋다. 돈이 남아돌아 그런 걸 보러 다니느냐 했던 바보들 생각이 난다. 머리를 비우기엔, 전시회가 좋다.

본명으로 서로를 부를 때

겨울이었다. 전날부터 하루 종일 내린 눈에 욕이 나올 만큼 추운 날이었다. 새로 산 장갑 한쪽을 잃어버렸고 호기롭게 이 것저것 섞은 술이 잘 깨지 않았다. 친구들이 유치한 이유로 다툰 최악의 송년회였다. 전속력으로 달렸으나 끝내 막차를 놓쳤고 그 자리에 그냥 쓰러지듯 눕고 싶었다. 옆에서 가쁜 숨을 몰아쉬는 친구를 끌고 택시를 잡았다. 친구는 여전히 입을 다문 채 씩씩거리고 있었다. 필요 이상으로 예민했다는 걸 본인도 아는 눈치였다. 미터기는 금세 빚처럼 늘어났다. 질 끈 눈을 감을 때마다 머릿속 가득 검은색 눈이 쌓이는 것 같았고, 흔들리는 풍경을 따라 메스꺼움이 밀려왔다. 그때 택시의 심연 속에서, 조용하지만 진지한 목소리로 그가 속삭였다.

내 이름, 나의 본명이 척추를 타고 내려가는 하얀 손가락처럼 일순 어두운 밤을 깨웠다. 어릴 때부터 우리는 친구였다. 별명 하나씩은 나눠 가져야 친구로 공인되는 것만 같은 순간들이 있었고, 서로의 본명은 유년의 어느 날에 두고 온 수많은 미련 중 하나 같았다. 넋두리를 듣거나 섣부른 위로를 건네고 싶은 것은 아니었다. 하지만 낮은 목소리로 불리는 나의 본명과 점잖은 평론가가 진행하는 심야의 라디오, 자격지심에 대한 친구의 고백이 나란히 같은 음조 위에 놓였을 때 택시가 조금만 느리게 달렸으면 좋겠다고 생각했다. 집에 도착했을 때 마치 자고 일어난 듯 몸이 개운했다. 홀몸이 된 장갑을 마당 나뭇가지에 걸며 풍년을 기도했고, 장갑이 주렁주렁 열리는 날 나도 그의 본명을 한번 불러 주고 싶다고 생각했다. 눈앞에선 하얀 눈보라가 그리는 무수히 많은 사선들이 어떤 문장을 조합하고 멀리 사라지고 있었다.

본명으로 서로를 부를 때

탈피

연말까지 꼭 완성하고 싶은 글이 생겨서, 요즘 책상과 자주 동거한다. 글을 쓸 때면 가장 먼저 척추를 꼿꼿이 세우고 턱을 목젖까지 끌어당겨 최대한 그럴싸한 굴곡을 만든다. 평범하고 보잘것없는 의식 같지만, 쓰는 단계로 진입하기 위해 가장 먼저 태도부터 만드는 일을 나는 좋아한다. 물론 쓰다 보면 이내 구부정해지고 말지만, 그 순간만큼은 마치 허물을 벗고 나오려는 필사적이고 단단한 마음을 가져 보게 된다. 그럼 거짓말처럼 쓸 수 있게 되고 비로소 예열된다. 뭐든 일이 되는 순간 그 단어 안에 갇혀 겨우 1만큼만 할 수 있는 것이라고 생각해왔다. 내가 할 수 있을까? 쓸 수 있을까? 아니면 지금이라도? 그런 생각들을 하다 1만큼만 해도 사실 괜찮은 것 아닐까? 사실 그만큼이 나의 전력 아닐까? 생각에 생각들을 더해 자위하다 또 여러 번 굴곡을 만들어 보는 금요일 밤의 기나긴 탈피. 욕심도 부담도 갖지 말아야지 다짐해 놓고 온 세상 걱정을 다 끌어오는 불쌍한 사람. 생각이 너무 많네.

본명으로 서로를 부를 때

하루 세 번, 삼시세'기'

　　요즘 하루 세 번 두 줄짜리 짧은 일기를 쓰고 있다. 와이프는 이를 삼시세'기'라고 이름 붙여주었다. 일상에서 포착한, 내가 나에게 기대하지만 잘 되지 않는 모습들을 기록하고 있다. 나의 부족함과 마주하는 게 유쾌한 일은 아니지만, 어떤 이유에선지 머리맡에 두면 생각지도 못한 창의적인 에너지로 전환되는 순간들이 있다. 불편하지만 그래서 안심되는 층간소음처럼 느껴질 때가 있는 것이다. 오늘 아침엔 온갖 껄끄러운 피드백을 허허 웃으며 자기 것으로 흡수하는 선배에 대해 적었다. 점심엔 택배기사님께 버선발로 달려가 생수 한 병을 건네는 중국집 사장님에 대해 적었다. 이렇게 적는다고 뭐가 달라질까 싶을 때도 많지만, 일상을 변주하려는 작은 노력들이 모여 크게 한번 반짝이는 순간이 올 것이라고 믿는다. 복권에 당첨되려면 일단은 복권을 사야 하는 것처럼. 있는 그대로의 나와 마주하려는 짧은 기록들이 나를 조금 더 나은 사람으로 만들어 줄 수 있기를 바란다.

선을 넘어 손을 잡을 수 있다면

　레즈비언 친구와 전시회 봤다. 그녀는 도시의 눈을 혼자 다 맞은 사람처럼 늙고 지쳐 있었다. 사람들에게 해명할 일이 많아 힘든 날이었다고, 하루빨리 미국으로 돌아가고 싶다고 했다. 내 사랑이 죄가 되고 손가락질 받아야 하는 세상은 어떤 곳일까. 해 줄 수 있는 말이 아무것도 없어서, 그 자리에 머무르고 싶은 마음과 아예 사라져 버리고 싶은 마음이 뒤엉켜 어지러웠다. 사이의 여백마다 그녀가 살아 냈을 날들이 겹쳐지는 것 같아 자꾸 힘들다.

일상의 작은 호사들

집으로 초대한 친구가 예쁜 꽃다발을 한 아름 사 왔다. 꽃 선물이라니. 꽃과 선물, 예쁜 두 단어가 만나면 서로 가졌던 것보다 더 예쁜 단어로 다시 태어난다. 남자든 여자든 초면이든 구면이든 꽃을 선물할 줄 아는 사람들은 진짜 멋을 아는 어른 같아서 좋다. 천천히 시들었으면 좋겠다. 오늘 저녁엔 잘 말리는 법을 배워야지.

자기 자신을 깎는 가장 완벽한 방식

결혼하는 사람들에게 온갖 경고와 저주의 말을 퍼붓거나 남들 앞에서 자기 배우자나 가족을 심하게 흉보는 사람들은 대체 왜 그러는 걸까. 왜 본인 얼굴에 침을 뱉는 건지 모르겠다.

혐오세상

과거 한 연예인이 하늘나라로 떠났을 때 알 수 없는 우울감과 좌절감에 시달렸다. 특별히 관심이 있는 연예인이 아니었는데도 밝은 표정 뒤 홀로 감내해야 했을 쓸쓸함에 마음이 좋지 않았다. 그녀의 죽음으로 세상이 잠깐 달라지나 싶었지만 일장춘몽이었다. 얼굴 없는 악플, 실체 없는 폭력은 계속되고 있다. 갈수록 쏟아지고 있다. 상처를 상품화해 상처를 덧내는 악순환이 되풀이되고 기형적인 야만은 스스로 기름을 부어 혐오를 부추긴다. 나만 옳다는 도덕적 우월감과 편향된 진영논리, 더 큰 자극을 불러와야 활성화되는 인격모독은 점점 거칠어지고 있다. 돌이켜 보면 예전엔 웹에서도 꽤 괜찮은 토론이 많았다. 화자가 적었던 대신 본인의 철학이

나 지지하는 논리, 근거도 확실했다. 요즘엔 미디어의 발달로 달변가는 엄청 늘었으나 철학은 고사하고 사실 본인이 무슨 말을 하고 있는지도 모르는 사람들이 많은 것 같다. 웹에서 잘 먹히는 문법이 하나의 밈이 되면서 어딜 가나 비슷한 목소리와 자주 만나게 된다. 마음만 먹으면 누구나 쉽고 그럴싸하게 혐오를 즐길 수 있게 된 것이다. 혐오세상엔 이미 너무 많은 이해관계가 얽혀 있다. 누군가는 혐오로 돈을 벌고 명예를 얻는다. 개인화가 가속화되며 손쉽게 연대하고 주장을 관철할 수 있는 온라인 커뮤니티는 날로 세력을 키우고 있다. 나는 혐오 문제가 이미 환경오염처럼 손쓰기 어려운 지경에 이르렀다고 생각한다. 그래서 묻고 싶다. 이대로 둘 것인지, 또 다른 비극이 찾아와야만 잠깐 멈추는 세상으로 갈 것인지 말이다. 이제라도 바뀌어야 한다. 이미 우리 모두가 공범이다.

포기는 어른들의 전리품

올해는 이러지도 저러지도 못하다가 근방에 있는 작은 위안들로 하루를 연명했다. 이십 대에 대한 적확한 은유를 찾아 열심히 연필을 깎았지만, 무엇도 마음에 들지 않았고 아마 나는 오래도록 써내지 못할 것 같다. 날은 점점 추워지고 손에 쥐고 싶었던 문장들의 쓸쓸한 퇴장을 바라본다. 더 이상 열차가 다니지 않는 정류장이 될까 마음이 먹먹하고 어색해진다. 젖은 바닥에 떨어진 낙엽들을 바라보다 다시 한번 생각으로의 구름판을 다듬어 보지만, 더 이상 어떤 생각이나 영감도 나를 발전시키지 못할 것 같다는 좌절감이 밀려든다. 과거 불꽃처럼 타올랐던 마음들이 사실 아무것도 나를 바꾸지 못했다고 이미 믿고 있기 때문일까. 주저앉아 울고 싶다.

주저앉을 힘이 없다.

우리는 아무 벤치에 대충 앉아 오랫동안 사무실을 올려다
보았다. 분주하게 움직이는 여러 실루엣들을 바라보면서도
잠시 돌아가야 할 현실 같은 건 생각하지 않았다. 누구도 나
를 찾지 않는 아주 먼 곳, 끝내거나 새로 시작해야 할 어떤 일
도 없는 곳으로 도망쳐 온 기분을 상상했다. 커피를 다 마실
때까지 우리는 어떤 말도 하지 않았지만 나는 그게 좋았다.
침묵이 어색하지 않은 사람들에겐 보다 적극적으로 마음을
내어 주고 싶어지는 버릇이 있다. 이만 갈까요? 엉덩이를 털
고 일어나며 잠깐 동안 함께 접어 두었던 현실로 진입한다.
괜찮은 친구가 생긴 것 같아 든든한 마음을 숨길 수 없었다.

소리 없이 길어지는 밤

기억하고 싶지 않은 사람들이 꿈에 나와

주말을 통째로 망쳤다

우리가 맞고 너는 다 틀렸다고

네가 그래서 안 되는 거라고

장대비 같은 화살 세례를 쏟아댔다

아무리 도망쳐도 계속 추격해 왔다

매일 홀로 숨을 돌리던 비상계단까지 쫓아와

알아들었냐고 알아들었으면 사과하라고 해서

살고 싶어서, 꿈에서 깨고 싶어서 사과해야 했다

나는 그냥 잘하고 있다는 말이 궁금했을 뿐이었는데
괜찮다고 천천히 가 보자는 말이 듣고 싶었을 뿐이었는데
잘하고 싶었고 계속 잘하고 싶었을 뿐이었는데
닫을 수밖에 없었던 입을 열어 듣기 좋은
물음표를 꺼내려고 할 때면
그건 성과 보고를 위한 특근 강요라고 말해 주고 싶었다

아마 인생의 어느 순간 크게 한번 부끄러울 것이라고
그때는 내가 사과를 받아 줄 수 있을 것 같다고
다시 꿈에 나온다면 꼭 그렇게 말해 주고 싶다

본명으로 서로를 부를 때

마감 인터미션

    책 작업 막바지에 다다르자 정말이지 한 줄도 쓰고 싶지 않은 마음이 든다. 어쩌면 한 줄도 써지지 않는다는 게 더 맞는 표현일 것 같다. 작업 내내 그랬지만 특히 탈고가 가까워질수록 한두 줄짜리 스케치에 많은 도움을 받았다. 공책과 스마트폰 메모장, 카카오톡 나와의 채팅에 남겨두었던 문장들이 없었다면 해내지 못했을 것이다. 열심히, 진심으로 했던 순간들은 나중에 어떤 식으로든 도움이 된다는 말을 더 믿게 되었다. 책을 묶는 것보다도 나를 배우고 인생을 배우는 시간이다.

심야 카페

약속이라도 한 듯 누구도 큰 소리로 말하지 않는 다정함이 무성하게 자라나던 공간. 어떻게 하면 더 무심해 보일 수 있는지 이해하고 있는 공간 같아 좋았다. 시야를 흐려야만 또렷해지는 것들 있듯 목소리를 낮춰야만 비로소 시작할 수 있는 이야기들이 있다. 어디선가 비릿한 풀 냄새가 났다. 뒷걸음으로 걸어 나가는 상궁처럼 조심스레 목을 가다듬었다. 모든 마음 먹는 일 두렵지만, 결심해야 비로소 마음이라 부를 수 있게 된다.

본명으로 서로를 부를 때

연말 매직

연말이면 집돌이도 바쁘다. 어디까지나 집돌이 기준이겠지만, 연말에 밀린 약속들을 우르르 잡고 나면 시작도 전부터 숨이 턱 막히는 기분이다. 그래도 좋아하는 사람들과의 약속이니까 기쁜 마음으로 다녀오자고 몇 번씩은 최면을 걸어야 무리 없이 연말을 마칠 수 있을 정도다. 사실 예전엔 연말이라고 들뜨고 분주해지는 분위기가 잘 이해되지 않았다. 기대했지만 하나도 특별하지 않았던 책을 덮으며 그래도 괜찮았다고 애써 미소 짓는 것처럼 느껴졌기 때문이다. 특히 코로나 때문에 모든 계획이 산산조각 났던 2년 동안은 연말에 더 우울하고 예민하기도 했다.

그래도 연말을 핑계로 사랑스러운 사람들과 마주 앉아 잠깐이나마 내일이 없을 것처럼 잔을 나누고, 달콤하고 자극적인 것들을 마음껏 먹고, 조금은 간지러운 말들을 교환하다 보면 나도 모르는 사이 연말 매직에 매료되곤 한다. 그래 서로 사랑하고 따뜻한 말들만 나누기에도 인생은 너무 짧고 부질없는 것인데 또 1년 동안 너무 욕심만 부렸네, 내년에는 더 내려놓고 너그러운 마음으로 살아야지, 속으로 다짐해 보게 되는 것이다.

끝내주게 완벽했던 어느 연말 모임을 마치고 돌아와 나는 지키고 싶은 사람 몇 명을 위해 진심을 쓰는 일을 좋아하는 것 같다고 적었다. 나눴던 마음과 대화가 너무 좋으면 잠들기 전까지 몇 번이고 회독하게 된다. 모쪼록 모두에게 행복한 연말이었으면 좋겠다. 1년 동안 나를 지켜 주고 지켜봐 준 모든 소중한 이들에게 마음으로 깊이 감사하면서, 얼마 안 되는 이 시간만큼이라도 사랑한다는 말을 아끼지 않고 나눌 수 있기를 바란다. 내가 어떤 말을 하고 들었을 때 가장 충만했었는지 떠올려 보며 주변 사람들과 함께 선물할 수 있는

본명으로 서로를 부를 때

훈훈한 연말이 되기를. 그런 마무리가 되기를.

찬찬히 꿰맨 시절들로
다시 이름들을 불러올 수 있었다

죽음이 가까이 올수록 남은 시간이 귀하게 느껴진다는 말을 좋아한다. 책도 마찬가지인 것 같다. 내 이름으로 된 책을 한 권 내는 게 인생의 오랜 꿈이었는데, 꿈을 이루었다고 생각하니 아직도 믿기지 않는다. 앞으로 남은 긴 인생 동안 지난한 허무가 찾아오는 건 아닐지 괜히 걱정이 될 때도 있다. 작업 내내 생각이 많아질 때마다 책의 제목에 집중하려고 했다. 소중한 이름들을 떠올리려고 했다. 그들을 생각하면 다시 머리를 비우고 심기일전할 수 있었다.

사랑하는 부모님과 동생, 가족들에게 감사해야 한다. 가족들 덕분에 모든 글이 시작될 수 있었다. 소중한 친구들에게도 감사의 마음을 전한다. 일일이 이름을 부르고 싶지만 분명 빼먹는 사람이 생길 것 같아 이렇게 갈음하는 것을 이해해 주면 좋겠다. 그들에겐 본명을 적은 책을 선물하려고 한다. 함께 느리게 오래 취하고 싶다. 김은진 편집자께도 감사의 인사를 전하지 않을 수 없다. 세심한 노고와 독려가 아니었다면 책이 나올 수 없었을 것이다. 채근 한번 없이 나를 계속 쓰게 만드는 유일한 사람이자 사랑하는 아내 이수에게 이 책을 바친다. 서로에게 붙여준 수많은 별명보다 다정히 서로의 이름을 부르는 날들이 앞으로의 우리 인생에 더 많았으면 좋겠다. 마지막으로 책을 읽어주신, 또 읽어주실 독자분들에게 미리 고개 숙여 인사를 드리고 싶다. 저마다의 소중한 시간과 자리를 내어 책을 읽는다는 것이 얼마나 위대한 일인지 잘 알고 있다. 삶 구석구석마다 아름답고 의미 있는 계절들로 가득하시기를 진심으로 기원한다.